Para Libby Rose
~ J.W.

Para mi paciente familia
~ N.B.

Edición original publicada en 1998 con el título:
Mouse, Look Out!
por Magi Publications,
Texto © Judy Waite
Ilustraciones © Norma Burgin
© De la traducción castellana:
Editorial Zendrera Zariquiey, Barcelona, 1998
Sant Gervasi de Cassoles, 70, 08022 Barcelona
Tel.: (93) 212 37 47
Traducción: Ester Calbet
Primera edición: septiembre 1998
ISBN: 84-89675-71-6
Producción: Addenda, s.c.c.l.,
Pau Claris 92, 08010 Barcelona

Ratoncito, ¡ten cuidado!

Judy Waite

Ilustraciones:
Norma Burgin

editorial
Zendrera Zariquiey

La verja que nadie abría,
estaba oxidada y vieja.
Cuando el viento gemía,
chirriaba y suspiraba.

Y por entre las grietas
del muro cubierto de hiedra,
un ratoncito asomaba.

PROHIBIDO
EL PASO

Mientras,
sigilosa como una puesta de sol,
se acercaba una sombra.

RATONCITO, ¡TEN CUIDADO,
HAY UN GATO RONDANDO!

La puerta a la que nadie llamaba
estaba maltrecha y agujereada.
Cuando el viento rugía,
a golpes batía y resonaba.

Y por un dentado
y mellado agujero de la puerta,
se escabullía un ratoncito.

Mientras,
por el enmarañado sendero,
se acercaba una sombra.

RATONCITO,
¡TEN CUIDADO,
HAY UN GATO
RONDANDO!

El vestíbulo en donde nadie estaba
era húmedo y oscuro.
Cuando el viento soplaba,
las enormes telarañas se agitaban
y se balanceaban.
Y, por la raída alfombra
de deshilachados y descoloridos dibujos,
un ratoncito corría.

Mientras, sigilosamente,
por detrás de la puerta,
se acercaba una sombra.

RATONCITO, ¡TEN CUIDADO,
HAY UN GATO RONDANDO!

La cocina donde nadie cocinaba
estaba sucia, gris y mugrienta.
Cuando el viento se lamentaba,
todas las persianas rebotaban y retumbaban.

Y entre las pilas de cazos
y los olvidados armarios,
un ratoncito olisqueaba.

Mientras, despacio, por el vestíbulo,
se acercaba una sombra.

**RATONCITO, ¡TEN CUIDADO,
HAY UN GATO RONDANDO!**

La escalera por la que nadie subía
se estrechaba hacia lo alto en la oscuridad.
Cuando el viento aullaba furioso,
se oía el eco de su bramido.

Y, subiendo los gigantescos escalones,
arañando y escarbando,
un ratoncito se abría camino.

Mientras,
acechando detrás de él,
se acercaba una sombra.

RATONCITO, ¡TEN CUIDADO,
HAY UN GATO RONDANDO!

La cama donde nadie dormía
era un revoltijo de trastos viejos.
Sin embargo, fuera,
el viento había amainado,
y la habitación parecía seca y acogedora.

Y entre el amasijo de cosas,
dentro del destripado y deteriorado colchón,
se acomodó un ratoncito.
Mientras, atravesando
la tranquila habitación,
de un brinco, se acercó...

GATO,
¡TEN CUIDADO,
HAY UN PERRO
RONDANDO!